AF234044

CATALOGUE

DES

MEUBLES ANCIENS & MODERNES

ET DES

Faïences, Porcelaines, Bronzes

GLACES, TAPISSERIE, PENDULES

Livres, Tableaux et Gravures

DONT LA VENTE AUX ENCHÈRES PUBLIQUES

AURA LIEU

Par le ministère de Me THORANT, commis^{re}-priseur

Les LUNDI 5 DÉCEMBRE 1887, et jours suivants s'il y a lieu

A deux heures très précises du soir

A GRENOBLE, HOTEL DES VENTES PUBLIQUES

RUE DE BONNE, 15 ET RUE DES REMPARTS

Le catalogue se distribue à Grenoble, Hôtel des Ventes

Grenoble. -- Imprimerie VALLIER et CHABERT

EXTRAIT DU RÉGLEMENT

DE

L'HOTEL DES VENTES PUBLIQUES

Rue de Bonne, 15, Grenoble.

———

L'Hôtel des ventes est tous les jours, *de 6 h. du matin à 6 h. du soir*, à la disposition du public pour le dépôt des objets destinés à être vendus aux enchères.

Des employés attachés à l'établissement vont prendre les meubles au domicile des personnes qui le demandent, au prix de 0 fr. 60 à 0 fr. 70 l'heure.

Quelque minime que soit la valeur des effets déposés, il en est délivré un récépissé qu'il suffit de représenter pour toucher le montant de la vente.

Les ventes se font au gré des vendeurs, à leur domicile, sous la Halle, à l'Hôtel des ventes, ou en tout autre endroit.

Les ventes à l'Hôtel ont lieu le **lundi** de chaque semaine à 2 heures du soir, et le **mardi** à la même heure au besoin.

Les déposants, *qui le demandent*, sont prévenus, par circulaire, aussitôt leurs objets adjugés.

Les fonds sont délivrés dans les 24 heures de l'adjudication, au bureau, rue de Bonne, *ou dans la huitaine au domicile du vendeur*, à son choix.

Un état détaillé des effets vendus est remis à chaque déposant en même temps que les fonds.

Les vendeurs n'ont, à leur charge, qu'un droit ne dépassant presque jamais 6 0/0 pour les ventes volontaires quelle que soit la durée de l'entrepôt.

Exposition tous les jours, *de 9 h. à midi et de 2 h. à 6 h.*

Expertises et partages mobiliers :

CONDITIONS DE LA VENTE

Les acquéreurs paieront comptant entre les mains du commissaire-priseur.

Ils paieront, en sus du prix, 5 centimes par franc applicables au principal.

Et 10 centimes par lot et par jour d'entrepôt sur les objets achetés et non enlevés aussitôt l'adjudication prononcée.

Le commissaire n'est responsable que des lots laissés en dépôt et dont il donne récépissé.

Les expositions mettant les amateurs à même de se renseigner à l'avance sur l'état, le style ou l'époque des objets mis en vente, aucune réclamation ne sera admise une fois l'adjudication prononcée.

Les livres vendus devront être collationnés sur place dans les 24 heures de l'adjudication. Passé ce délai ou une fois sorti de la salle, ils ne seront repris pour aucun motif.

EXPOSITION PUBLIQUE

Le Dimanche 4 Décembre, de 10 heures à midi, de 3 h. à 5 heures et de 8 heures à 10 heures du soir, et chaque jour de vente de 9 heures à midi.

ORDRE DES VACATIONS

Vente des **Faïences, Meubles, Bronzes, Tapisseries, Glaces, Pendules,** *etc., Lundi 5 Décembre, de deux heures à six heures du soir.*

Même jour de huit heures à dix heures du soir vente des **Livres, Tableaux, Gravures,** *etc.*

Et le Mardi 6 Décembre, à deux heures du soir, s'il y a lieu, fin de la vente.

NOTA. — L'ordre du Catalogue ne sera pas suivi. — La vente comprendra des objets non catalogués.

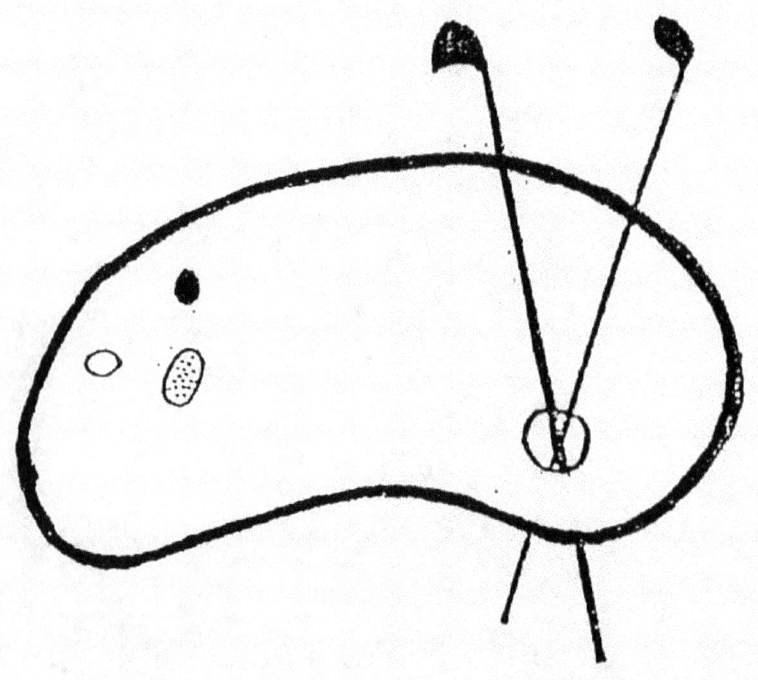

FIN D'UNE SERIE DE DOCUMENTS
EN COULEUR

CATALOGUE

DES

MEUBLES ANCIENS & MODERNES

ET DES

Faïences, Porcelaines, Bronzes

GLACES, TAPISSERIE, PENDULES

Livres, Tableaux et Gravures

DONT LA VENTE AUX ENCHÈRES PUBLIQUES

AURA LIEU

Par le ministère de M· THORANT, commis·-priseur

Les LUNDI 5 DÉCEMBRE 1887, et jours suivants s'il y a lieu

A deux heures très précises du soir

A GRENOBLE, HOTEL DES VENTES PUBLIQUES

RUE DE BONNE, 15 ET RUE DES REMPARTS

Le catalogue se distribue à Grenoble, Hôtel des Ventes

NOTA. — Voir ci-contre les jours et heures des vacations
et les conditions de vente.

Grenoble. -- Imprimerie VALLIER et CHABERT

CONDITIONS DE LA VENTE

Les acquéreurs paieront comptant entre les mains du commissaire-priseur.

Ils paieront, en sus du prix, 5 centimes par franc applicables au principal.

Et 10 centimes par lot et par jour d'entrepôt sur les objets achetés et non enlevés aussitôt l'adjudication prononcée.

Le commissaire n'est responsable que des lots laissés en dépôt et dont il donne récépissé.

Les expositions mettant les amateurs à même de se renseigner à l'avance sur l'état, le style ou l'époque des objets mis en vente, aucune réclamation ne sera admise une fois l'adjudication prononcée.

Les livres vendus devront être collationnés sur place dans les 24 heures de l'adjudication. Passé ce délai ou une fois sorti de la salle, ils ne seront repris pour aucun motif.

EXPOSITION PUBLIQUE

Le Dimanche 4 Décembre, de 10 heures à midi, de 3 h. à 5 heures et de 8 heures à 10 heures du soir, et chaque jour de vente de 9 heures à midi.

ORDRE DES VACATIONS

Vente des **Faïences, Meubles, Bronzes, Tapisseries, Glaces, Pendules,** *etc., Lundi 5 Décembre, de deux heures à six heures du soir.*

Même jour de huit heures à dix heures du soir vente des **Livres, Tableaux, Gravures,** *etc.*

Et le Mardi 6 Décembre, à deux heures du soir, s'il y a lieu, fin de la vente.

NOTA. — L'ordre du Catalogue ne sera pas suivi. — La vente comprendra des objets non catalogués.

CATALOGUE

Meubles

1. **Bahut** à 2 corps en noyer sculpté, époque Louis XIII.
2. **Bahut** à 2 corps en noyer sculpté, à colonnes et à fronton, époque Louis XIII.
3. **Bahut** à 2 corps en noyer sculpté, époque Renaissance.
4. **Bahut** à 2 corps en noyer sculpté, à 6 colonnettes torses et à fronton, bon état.
5. **Bahut** à 2 corps en noyer sculpté, cariatides et fronton, époque Louis XIII. *Ital.*
6. **Buffet** vaisselier Breton, en chêne et poirier sculpté (*fait par moi Depouez, 1769*).

7. **Bahut** à 2 corps en noyer sculpté, pilastres canne-
   lés. Sur les panneaux : Guerriers et Chimères.

8. **Cabinet** bois noir à colonnes torses, galerie à colonnettes, époque Louis XIII.

9. **Cabinet** Médicis en ébène, avec filets ivoire, et sa
   table à pieds torses.

10. **Chambre** à coucher en palissandre ciré, style
    Louis XV, [composée de: 1 lit de Bout, son
    sommier, 1 armoire à glace bizeautée, 1 table
    de nuit chiffonnière *Ce lot pourra être divisé.*

11. **Coffre** à bois noyer sculpté, *Renaissance. Ital.*

12. **Coffre** à bois noyer, à médaillons Louis XII.

13. **Coffre** à bois noyer sculpté avec cariatides (aux
    armes). *Ital.*

14. **Coffre** à bois, XVIe siècle, richement sculpté, à ogives,
    ayant fait partie de la **chapelle royale de l'ab-
    baye de Cluny**, avec sa serrure de l'époque à
    panneau fleurdelisé et sa clef.

15. **Coffre** à bois noyer sculpté, Louis XIII.

16. **Coffre** à panneau de vieille faïence avec ferrures
    d'angles découpées, et armatures avec clous à
    rosaces.

17. **Coffre** à bois, à dossier bois noir avec incrustations
    ivoire. *Ital.*

18. **Coffre** à bois noyer ancien.

19. **Coffre** en fer forgé et peint, Louis XIII.

20. **Commode** en noyer sculpté, coins à sujets. *Ital.*

21. **Commode** Louis XVI en marqueterie de bois.

22. **Commode** Louis XVI en marqueterie de bois avec
    dessus de marbre blanc.

22 *bis* **Commode** damier à 2 tiroirs , faisant table à
ouvrage.

23. **Commode** tombeau, Louis XIV, en bois rose mar-
queté.

24. **Commode** marquetée, Louis XVI.

24 *bis* **Console** Louis XIV, rocaille en bois sculpté et doré
beau marbre blanc h. 1,70 l. 0,95.

24 *ter* **Crédence** vieux noyer sculpté dans le massif avec
étagères et panneaux h. 1,70 l. 0,80.

25. **Lit** en noyer de Bout à colonnes torses et à fronton
(aux armes).

26. **Lit** noyer sculpté à fronton, à baldaquin et à colonnes
torses *(1708)*.

27. **Lit** bois peint blanc, Louis XVI.

28. **Lit** de milieu en noyer à colonnes canelées.

29. **Lit** noyer, sculpté, à baldaquin et à colonnes à boules
(aux armes).

30. **Piano** droit en acajou, à cordes obliques, *signé :*
ERARD.

31. **Tables** (3) carrées noyer, pieds à X et à boules.

32. **Tables** (2) carrées noyer à 6 pieds torses.

33. **Table** noyer sculptée à croisillons , Louis XIV-
Louis XV.

34. **Table** en palissandre massif sculpté, pour milieu de
salon.

35. **Table** carrée en noyer sculptée, Louis XIII.

35 *bis* **Table** Louis XIV, marqueterie et bronze ciselés,
sortant du château de M. le comte de Monteynard.

36. **Table** à jeu marquetée, Louis XV.

37. **Semainier** bois noir et or sculpté, Louis XIII.

Sièges

38. **1 canapé, 2 fauteuils, 4 chaises noyer**, finement
    sculptés, époque Louis XIV (non garnis).
    Ce lot pourra être divisé.

39. **Bois** de fauteuils noyer, Louis XIII, à boules.

40. **Bois** de fauteuils noyer, Louis XIII, à pieds torses.

41. **Bois** de fauteuils noyer, Louis XIII, têtes de lions.

42. **Bois** de fauteuils noyer, Louis XIV.

43. **Bois** de petites chaises noyer, Louis XIII.

44. **Bois** de grandes chaises noyer, Louis XIII.

45. **Bois** de tabourets en noyer, à croisillons.

46. **Canapé** noyer, à 3 places, Louis XIV.

47. **Fauteuils** noyer Louis XIII, couverts en tapisserie.

48. **Fauteuils** noyer, Louis XIII, couverts d'étoffes à
    rayures.

49. **Fauteuil** noyer, Louis XIV, couvert de cretonne.

50. **Prie-Dieu** noyer sculpté, avec cariatides.

51. **Prie-Dieu** bois noir et cuivre.

51 *bis* **1 Canapé, 2 Fauteuils, 4 Chaises** bois doré, cou-
    verts en Belleville : Les fables de Lafontaine,
    style Louis XIV.

Faïences, Porcelaines, Cristaux
Argenterie

---

52. Assietes faïence de la Tronche (6 pièces).
Ce numéro pourra se diviser.

53. Assiettes et plats en faïence et Moustiers et autres
(71 pièces).
Ce numéro se divisé.

54. Jardinière à bouquetiers complète en faïence ,
Louis XV *(bien conservée)*.

55. Vases vieille faïence italienne *(hauteur 0ᵐ,30)*.

56. Amphore Etrusque fabrique lyonnaise.

57. Encrier porcelaine anglaise.

58. Potiches en porcelaine de la Chine, avec couvercles.

59. Plats en porcelaine du Japon.

60. Fontaine-Théière porcelaine du Japon.

61. Soupière, porcelaine de Saxe.

62. Vases, porcelaine de **Sèvres**, montés sur bronze
doré *(1738)*, hauteur 0ᵐ,38.

63. Candélabres, vieux Venise.

64. **Service à café** en porcelaine **Marie-Antoinette**, à la fleur de lys, composé de : 6 tasses avec leurs soucoupes, 1 sucrier, 1 cafetière, 1 plateau *(bon état)*.

65. **Porte-huilier** Directoire, en argent finement ciselé.

66. **Huilier**, Louis XIV rocaillé, en bronze argenté et ses burettes *(bon état)*.

67-68. **Médaille** argent des 3 consuls *(grand module)*.

69. **Médaille** argent — sacre de Charles X — *(petit module)*.

Bronzes, Glaces, Pendules

70. **Bronzes** : Le roi d'Yvetot (groupe).

71. Hercule, femme au coffret.

— **Le coup de l'étrier**, par Gayton, hauteur 0^m,90.

— **Mehul**, par Guillaume, hauteur 0^m, 70.

— **Landier** en bronze poli.

72. 2 vases ciselés Orient (hauteur 0^{m}35).

73. Mouchettes à récipient avec plateau et support ciselé.

74. **Encrier** cuivre poli style Louis XVI.

75. **Galerie** de foyer en cuivre poli, style Louis XVI.

76. **Glace** bizeautée à cadre et fronton sculptés à jour et dorés, époque Louis XIV (160/93).

77. **Glace** bizeautée cadre sculpté noir, style Henri II (*122/95*).

77 *bis* **Glace** bizeautée à cadre sculpté et doré, à fronton, époque Louis XV.

78. **Miroir** cadre bronze doré, style Louis XVI.

78 *bis* **Pendule** en marbre royal et son sujet bronze (*La Séduction*), par M. Moreau, 2 candélabres assortis.

79. **Pendule** et candélabres en cuivre poli, style Louis XIII.

80. **Pendule** Boulle et son socle, style Louis XIV.

81. **Pendule** Cartel avec cuivre, Louis XIV.

82. **Pendule** bois noir Louis XIII.

83. **Pendule** palissandre avec Incrustations nacre et cuivre.

84. **Horloge** Louis XIV.

Tapisserie, Tableaux
Gravures
Cadres, Objets divers

85. **Tapisserie** d'Aubusson (chasse) 4^m60/2^m80.

86. **Tapisserie**, dessus de Prie-Dieu.

87. **Breughel** (attribué à), peinture sur panneau, représentant la tentation de saint Antoine.

88. **Brandi**, peinture sur toile, *Moutons*.

89. **Perret**, peinture sur toile, *Le soir*.

89 *bis* **Vandenbergh**, marine sur toile *(1874)*.

90. **Peintures** diverses.

   Ce numéro se vendra en plusieurs lots,

91. *Portraits de Paganini et de Mme M*** d'Ingres*, gravés par **Calamatta**, encadrés.

92. *La Joconde, Portrait de Georges Sand*, gravés par **Calamatta**, encadrés.

93. *La félicité villageoise de Frendeberg*, gravé par Delignon, in-folio de travers, encadré.

94. *Portrait de Guizot*, gravé par Jeanneret élève de Mercury, encadré.

95. *Le Verre d'eau de Fragonard*, gravé par Poncé, in-folio de travers, à toutes marges, encadré.

96. *La Défaite de Maxence, le Triomphe de Constentin*, d'après Lebrun, gravées par Tardieux, encadrées.

97. *Portrait de Bernardin de Saint-Pierre*, à la sphère dessiné par Lafitte, gravé par Ribault en 1805, encadré, à toutes marges.

98. *Portrait de Rigault*, gravé par Jeanneret, encadré.

99. **Christ** en cire dans son cadre bois sculpté et doré Louis XIV.

100. **Peau de Panthère** entière.

101. **Cadres** sculptés sujets brodés.

102. **Peau d'hyène** entière.

103. **Encrier** palissandre et incrustation cuivre.

104. **Eventail** nacre, dentelle, et miniature sur faille, Empire.

105. **Coffret** ébène avec incrustation ivoire.

106. **Dessus** de porte peint, Louis XVI.

Livres

L'ordre du catalogue sera suivi.

---

107. *Traité de pratique judiciaire*, par Iosse de Damhou
     dère, avec 44 gravures sur bois. *Louvan* 1551,
     1 vol.

108. *Bréviaire romain*, impression en 2 couleurs. *Anvers*,
     Plantin, 1640, 1 vol.
     (Quelques pages manquent).

109. *Amours et galanteries des rois de France jusqu'à
     Charles X*, par Saint-Edme. *Paris*, Amable
     Cottes, 1830, 2 vol. reliés.

110. *Contes de Lafontaine* illustrés. *Paris*, Bourdin, 1839,
     1 vol.

111. *Contes de Boccace*, avec gravures hors texte. *Paris*,
     Havard, 1849, 1 vol.

112. *Han d'Islande*, par Victor Hugo. *Paris*, Gosselin,
     1829, 4 vol. reliés.

113. *Histoire de la translation de l'Obélisque de Louxor*,
     avec gravures, par Lebas. *Paris*, 1839.

114. *Habitations ouvrières et agricoles*, avec atlas de 45
     planches, par Emile Muller. *Paris*, Dulmont,
     1856, 1 vol. in-folio.

115. *Album de peintures et décorations architecturales*.
     Paris, Morel, 1870.

116. *Album pour décorations, style Louis XIV*, par Berain. *Paris*, Morel, 1861.

117. *Histoire d'Angleterre*, par Goldsmith, gravures. *Paris*, Houdaille, 1837, 4 vol.

118. *Décadence de l'Angleterre*, par Ledru-Rollin. *Paris*, Elendier, 1850, 2 vol.

119. *Droits de l'homme*, par Eugène Pelletan. *Paris*, Daguerre, 1 vol.

120. *Roland furieux*, Atlas de gravures. *Paris*, Knabb 1839, 1 vol.

121. *Révolution de Février, 1848* par L. Blanc. *Paris*, Bureau du Nouveau Monde, 1850, 1 vol.

122. *Œuvres complètes d'Hoffmann. Paris*, Béthune et Plon, 1836, 4 vol.

123. *Du Génie des Religions*, par Quinet. *Paris*, Charpentier, 1842, 1 vol.

124. *Œuvres de lord Byron*, avec gravures, par Benjamin Laroche. *Paris*, Charpentier, 1837, 4 vol.

125. *Religion Saint-Simonnienne. Procès de 1832*, avec portraits. Paris, Alex. Johannot, 1832, 1 vol.

126. *Religion*, par Hennequin Phalanstérien, élève de Fourrier. Paris, Dentu, 1851, 1 vol.

127. *Traité sur la Chaleur*, avec atlas, par Péclet, 2 vol.

128. Divers Albums de dessins de serrurerie, découpures en bois, fontes industrielles, etc.

129. *Histoire des ducs de Bourgogne*, par Barante, gravures. *Paris*, Dufey, 1838, 12 vol.

130. *Science de l'ingénieur*, par Delaittre. *Lyon*, Brunet, 1825, 2 vol. planches (*2 exemp.*)

131. *L'Art de bâtir*, par Rondelet. *Paris*, Rondelet, 1827, 5 vol. avec planches, reliés.

132. *Législation de constructions*, par Frédéric Ligueville, 2 vol.

133. *Cours de droit administratif*, par Cotelle. *Paris*, Carillian-Gœeury, 1838, 2 vol.

134. *Lois du Bâtiment*, par Lepage. *Paris*, Valade, 1808, 1 vol.

135. *Coutumes de Paris*, par Delyodelt, 1 vol.

136. *Architecture pratique*, par Bullet. *Paris*, Valade, 1808, 2 vol.

137. *Technologie du Bâtiment*, par Château. *Paris*, Bance, 1863, 2 vol.

138. *Dessins pour constructions en bois. Paris*, Morel, 1867, 1 vol.

139. *Album pour constructions en briques. Paris*, Morel, 1867, 1 vol.

140. *Églises de Bourgs et Villages*, par de Baudot. *Paris*, Morel, 1867, 2 vol.

141. *L'art industriel*, par Oppermann. *Paris*, Dunod, 2 années 1865, 1866, reliées en 1 vol.

142. *Annales industrielles*, album de 98 planches. *Paris*, Oppermann, 3 années 1869, 1870, 1871.

143. *Nouvelles annales de la construction*, 9 années, de 1855 à 1863.

144. *Procédure devant les conseils de préfecture*, par Dieu.

145. 3 vol. de la *Collection du Peuple et de la voix du Peuple*, 1848, 1849, 1850.

146. *Méthode de violon*, par Alday.

147. *Recueil de morceaux de choix pour violon*.

148. *Réfutation des objections contre la Religion chrétienne*.

149. *Manuel géologique de la Bêche*, Levrault. *Paris*, 1833.

150. *Traité de minéralogie de Beudant*, Verdière. *Paris*, 1824.

151. *Lois du Bâtiment*, 4 vol.

152. *Cosmos*, par Humbold. *Paris*, Baudry, 1848, 1 vol.

153. *Voyage sentimental de Sterne* contenant le texte anglais et le texte français. *Paris*, Didot jeune, an VII, 2 vol. reliés en un seul doré sur tranches.

154. *Essais de Montaigne*, Garnier. *Paris*, 1865, 4 vol. in-8° reliés dorés sur tranches.

155. *Atlas de la France et de ses colonies* par Fisquet. *Paris*, Levasseur, 2 vol. reliés.

156. *Voyage autour du monde* illustré, d'Arago. *Paris*, Horlet et Ozanne, 1839, 4 vol. in-8° reliés.

157. *Encyclopédie moderne*, par Courtin, 26 vol. in-8°, brochés.

158. *Mémoires du clergé de France*. *Paris*, Pierre Simon, 1721, 15 vol. in-f° reliés.

Grenoble. — Imprimerie Vallier et Chabert.

RED. :

17

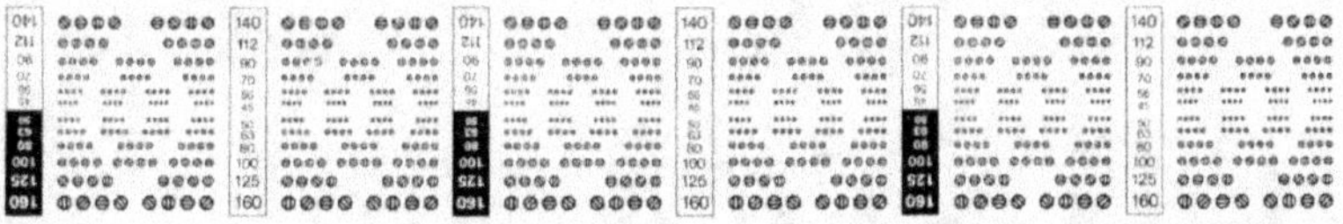

MIRE ISO N° 1
NF Z 43-007
AFNOR
Cedex 7 - 92080 PARIS-LA-DEFENSE

graphicom
379.69.70

9 782329 212470